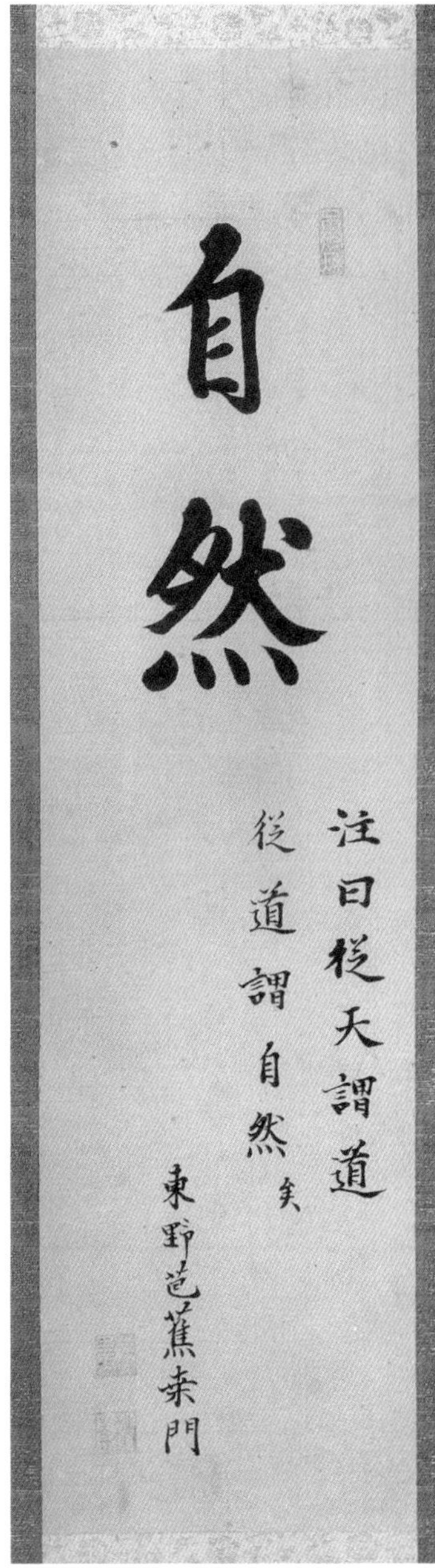

句集

自然

加藤耕子

角川書店

句集

自然

目次

Ⅰ・平成二二年（二〇一〇）……7
Ⅱ・平成二三年（二〇一一）……17
Ⅲ・平成二四年（二〇一二）……27
Ⅳ・平成二五年（二〇一三）……45
Ⅴ・平成二六年（二〇一四）……69
Ⅵ・平成二七年（二〇一五）……81
Ⅶ・平成二八年（二〇一六）……101

Ⅷ・平成二九年（二〇一七）……121
Ⅸ・平成三十年（二〇一八）……137
Ⅹ・平成三一年／令和元年（二〇一九）……155
Ⅺ・令和二年（二〇二〇）……171
Ⅻ・令和三年（二〇二一）……191
XIII・令和四年（二〇二二）……213
あとがき……226

装丁・髙林昭太
カバー題字・芭蕉筆「自然」大書より
本文デザイン・ベター・デイズ

句集

自然

Ⅰ

平成二二年（二〇一〇）

16句

手力男岩戸を開く初御空

松は松竹には竹の淑気かな

片足を一歩踏み出し弓始

胸許へ袖口しぼり弓はじめ

弓始め逸れ矢の跡の扉に残り

足利の土塁の地層陽炎へる

白妙の蕾こぞれり花こぶし

悼　澤田緑生氏（二月八日）

もくれんの合掌固き葬かな

「女性俳句」回想

一つ座に信子真砂女と春の雪

父の山兄の山とも青比叡

夏燕岸に小屋掛く川漁師

鮎を釣る板一枚を足場とし

飛んでみせ子烏さそふ親烏

悼 有働亨氏

直言の速球峰に残る雪

原爆忌六十五年の鶴を折る

月光の色加へたる式部の実

Ⅱ　平成二三年（二〇一一）

14句

御降りを来し神鏡に己が顔

焼藷を除夜の灰より篝守

御在所の春雪を来し普請方

貞観の明治の惨や冴え返る

三月十一日　東日本大震災

いのち惜しめとゴッホの黄花菜の黄

復興へ総立となる松の蕊

原発の瓦礫や八十八夜寒

五月十日京都嵐山常寂光寺
英国俳句協会初代会長Ｊ・カーカップ墓開き二句

苔清水群青界を顕じけり

墓開く夏鶯の声の中

金魚ねぶた「希望」の文字を背に負ひ

漆黒の意志を鎧へり椎の粒
歯に当てて割りたる椎の実の甘し

いちぢくを煮つむ昭和の世を煮つむ

悼 富田潮児氏天壽

野も山も天壽あかりに豊の秋

Ⅲ　平成二四年（二〇一二）

29句

春風や蘇民将来軒に打ち

墨いろの雲来る桜時雨かな

靄ごもりまだ濡れてゐる春の山

竹秋の日射し黄金に小倉山

若葉光春水居士を讃ふべく
竹落葉舞ひつつ仏性かがやかす

黄鐘の響き涼しき寺領かな

葉桜の千年の幹雲閑か

青比叡望む正面墓碑立てり

大徳寺さまの太さに今年竹

時彦忌近く遠くにほととぎす

鎌倉や墓参帰りの小鯵鮨

悼 鈴木勝忠先生二句

亡骸《なきがら》や暈もつ食の夏の月

叱声や時に滴り時に鞭

緑蔭にあり師の影に入るごとし

八月来伝へ置くべき忌の重さ

色変へぬ松や古文書朱印寂び

夕鵙の声をたしかに千句塚

翁塚時のかたみの榎の実

悼　皆川盤水氏

永遠の温顔草の露まろく澄み

信玄の棒道走る芒原

三分の石源に水澄めり

和夫句碑葉騒の上を鵙の声

木守りや三河鉄道海に沿ふ

鳰遊ぶ水を二手に三角州

雲を追ふ裸木に背を預けゐて

ひとひらのひかりとなりぬ枯葉舞ひ

冬ぬくし犬も持ちたる長者眉

積み上げし榾の年輪焚火守る

Ⅳ　平成二五年（二〇一三）

42句

祝「伊吹嶺」創刊十五周年

白髪の伊吹を仰ぐ福詣

破魔矢とて狩股の矢を賜ひたる

靄ごもる石鎚仰ぐ初三十日

草田男の洗礼名

聖ヨハネマリアヴィアンネ木木芽吹く

墓碑は筆形若草を硫黄の香

子規の声草田男の声山は春

歌舞伎座の柿落しや春時雨

春の夜や弁慶房の飛六方

春の闇のぞく己をのぞくやう

約しけり出町柳の芽吹くころ

木屋町の小店灯の入るおぼろかな

花を待つ指先頰へ思惟仏

牡丹のくづれかかりてくづれざる

熱田神宮

まきわらに月日の灯神祭

青鷺の嘴を斜めに漁れり
円光の虹が弧を張る弘子さん

落柿舎の御門小さき夏木立

嵯峨トラスト落柿舎前に小豆蒔き

京子さん

母と子の時間杏のジャム煮詰め

悼　塚腰杜尚氏

閉眼や涼しき月を枕上ミ

夏期講座楠の香高き宮の杜

田舎館村

青田アートモンロー花魁隣り合ひ

復興と大書しねぷた灯を点す
辻まはし扇ねぷたを迫り上ぐる

ねぷた笛水を通して吹きはじむ

ご遷宮ま白き幡に風を呼び

原爆忌戦をせよと子を生まぬ

聖戦と呼びし戦や敗戦忌

五山の火送りし闇が山つつむ
遺髪塚草木に残る霧雫

自《じ》然《ねん》とは翁のことば月に侍す

切れのよき翁月夜の伊賀の酒

向ひあふ雁寒の伊賀徳利

忌を修す秋明菊の白をもて

献額に残る墨の香小鳥来る

伊賀の壺薄を挿して澄みゐたり

林住期雑木黄葉の中にかな

小牧山

男子校ありし城山水澄めり

木の実座すさまに市橋鐸先生

兄健彦の墓　大徳寺総見院

墓碑建立白山茶花の一花かな

わらしべに青さの残る飾り買ふ

除夜焚火太き根榾を芯に据ゑ

V　平成二六年（二〇一四）

20句

初手前赤絵の碗の左馬

草餅や小槌掲ぐる大黒天

むらさきのまだ苞とかぬ蕗のたう

午年の初午藁の馬並べ

きさらぎのひかりを返す舞扇
鳴雪忌佐藤和夫の忌日なり

福島に尾張名古屋に春の雪
城下町商家の垣に金銀花

薔薇黄なり草間時彦なき月日

一山を領すばかりに椎匂ふ

万緑や壁に掛けある簑と笠

戦せぬ六十九年茂り濃し

まざまざと戦禍の国土八月来

山繭の天与のひかり野に放つ

鬼ねぶた月響動もせと太鼓打つ

市長跳ね知事も跳ねくる夜のねぶた

高校生担ぎねぶたを捧げ持つ
古式守る扇ねぷたのほのあかり

雲漢に千空仏の星仰ぐ

岩木山終日うすき霧まとふ

Ⅵ　平成二七年（二〇一五）

35句

初詣絵馬の羊を捧げ持ち

戦はぬ七十年やなづな粥

牡丹の芽光陰ほぐれ初めにけり
春筍を姫とたたへて茹であげし

十団子の小粒芳し春の雨

芽吹山川へ迫り出す座禅石

千年の枯山水や飛花落花

御土居もて囲ふ洛中楓萌ゆ

椿八重咲きつぐ巴人墓所

兜煮の鯛の鯛など春の夜

九条を守れ手花火の子らいとし
戦せぬ七十年の青葉かな

万緑や握りて厚き兜太の手

常寂光寺春水忌

重ねあふ青葉若葉や春水忌

山清水ひかりとなりて苔に沁む
青葉光あびて五感をたしかにす

青山椒強く山廬の香を放つ

権力は権力を欲る史書に黴

含羞といふこと蓮の花開く

御本山に西と東や盂蘭盆会

大黒天妙法の火を背に掲ぐ
五山の火やがて音なき雨となり

生命かな家霊とすごす盆四日

綾子忌やことに月光澄みわたり

愛染院竹垣にそふ秋明菊

新米の名は五七五伊賀の里

手囲ひに翁生家の栗ふたつ

刈田より刈田をつなぐ参宮線

斎宮址行手行手の曼珠沙華

麦を蒔くをりをり仰ぐ尾張冨士

柊の花の香日日の幸とせり
湯煙のなき那美の湯屋崖に冷ゆ

早生みかん海のむかうに普賢岳

冬の日や淋派の松のうねりやう

冬うらら木椅子の長き伊勢市駅

Ⅶ　平成二八年（二〇一六）

34句

天金の莟を掲ぐ福壽草

触れもして清明神の福俵

観音に大笑面ある寒さかな

天日のまろさ紅梅の玉蕾

椿寺合戦の世の砦跡

蹲踞に浴びる一羽や雛の家

雛飾る座敷仏間を開け広げ
知命過ぐ同じ齢の雛かざり

永楽の手捻りの碗雛まつり

図書館の硝子壁面春の雨

白井宏尚氏

春惜しむ即ち生命惜しめとぞ

一つ株に花三十余庭牡丹

生きるとはまた祈ること日の若葉

高張に五七の桐や祭前

町の名に残る夜寒や楠若葉

山清水苔養生の箱並べ

青葉照る高みに墓苑時彦忌

草間文彦氏

花あやめ声のひびきも父ゆづり

戦せぬ七十一年慰霊の日

豊葦原青田と捨田隣りあふ

泉噴く砂紋の雲母日を捉へ

鎮魂の凱旋扇ねぷたかな

津軽鉄道林檎に紅のきざしつつ

傘肩に阿国の踊る立佞武多

雁渡る石積み上げし尾張富士

俳句風船一魂となる天高し

翁塚木立の露に触れにけり

米次郎の詞章を丘に秋気澄む

ペンの力信じ高きに登りけり

その上の翁の宿り枳殻の実

秋の蚊の翁露川の碑を去らず

江戸の世の色変へぬ松くひな笛

俳人協会歴代会長展

真筆の示す気骨や冬木立

一陽来復塩もて湯飲み清めけり

Ⅷ　平成二九年（二〇一七）

25句

尉となる根榾明りや年新た

戦前の鍬は樫の柄揚雲雀

食ふもののなき世の農具営巣期

酒そそぎ葬る鋤鍬春の雷

盆栽は樹林の構図種うめる

どの畑も人の出てゐる春夕日

春の雪触れつぐ丈草座禅石
草を摘む天与の形香を称へ

川燈台裾に灯吊るす花のかげ

木因の月日噴井の月日かな

母の日や家事代行をおくりもの

春水忌詩ごころつきぬ苔清水

薔薇の黄は時彦のもの雨あがる

編集子一同

一卓に椅子十脚や新茶くむ

夏至の雨御免札立つ名古屋場所

緑蔭や稽古土俵に幡立つ

海の日や港にあがる夜の花火

火焔仏背負ふ纏《まとひ》や立佞武多

伊吹嶺へ夕日を納む墓参り

灯籠の十字架うすれ残る虫

破芭蕉地の塩たれと月日あり

冬枯やかつて船橋組みし河

枯すすきなびく本陣屋敷址

納め句座連中といふ宝物

年用意働きものの鍋包丁

Ⅸ　平成三十年（二〇一八）

30句

心中に生きる故郷去年今年
湖は琵琶山は伊吹よ初日射す

霊山の薬草とどく寒の入

悼 岡崎光魚氏

またたくは光魚星かも冬銀河

存在といふ一大事梅真白

兜太忌は佐藤和夫忌麦青む

叡山の水に晒せる蕨餅

うららかや白波五人時計塔

八冊の時彦句集薔薇黄なり

カーカップ生誕百年祭　常寂光寺

竹林の落葉黄金の散華なす

じわり湧き音なく池へ山清水

聖詩人百年祭の薔薇真紅

薔薇香る園の高みに俳祖句碑

斎竹組み祭礼の御輿宿

父の日を祝ふ蛤四年もの

子に伝ふ戦沖縄慰霊の日

夏潮やかなしみ凝れる星の砂

潮ひけばマングローブより蟹現るる

基地民地同じ夏草茂る中

夏の潮摩文仁の丘へ砕け散る

過ぎし日を透かす八重山上布かな

結社誌も湖も器や月涼し

優勝や汗の涼しき御嶽海

生き残り高齢の世や原爆忌

僧院と白重ねたる白桔梗

抱一のことに親しき秋の草

冬の菊耳遠くして夫ありぬ

冬晴や丈草住みしさくら坂

城望む高みに句座や冬紅葉

山茶花や木蓋の閉ざす丈草井

X　平成三一年／令和元年（二〇一九）

27句

言霊の幸ふ国ぞ初日さす

年酒酌む昭和一桁仕事好き

恐ろしきことをさらりと手毬歌

水仙や老老介護ままならず

活火山麓に開く梅の花
訪ふ人の梅が香ると申されど

春月の影入れ方丈住ひかな

花歳歳容かはらぬ座禅石

碗揃へ令和の新茶注ぎまはす

熱田祭巻藁台に灯を点し

時彦忌黄の薔薇おほふ四つ目垣

身に負へるものを解きゆく山若葉

籐椅子や話を馳走客主

箱庭の山河創造日曜日

宙ふはと踏んで飛びゐる夏の夢
おだやかな美濃の山並墓参せり

墓守のことば懇ろ盂蘭盆会

さりがての雨はらと落つ盆の墓

核廃絶遠のく地球広島忌

敗戦忌土台を残す高射砲

土管坂抜けたる彼方秋の海

朱泥急須秋の日射しを照り返す

藤壺の殻付く突堤鰡飛べり

昇龍の形に松の手入れ終ふ

瑞瑞と土佐文旦の手に重し

燈火親し弥陀本願の御文章

冬菊や筆談のみの日日となり

XI　令和二年（二〇二〇）

34句

歳時記に仏に供ふ鏡餅

辞書歳時記右に左に去年今年

冬桜らし遠空のほのかなる
冬桜この世ことさらはるかにす

悼　中村啓輔氏

日当れる枯野の果や逝く旅路

観音の庭に市たつ節分会

梅ふふむ筑紫太宰府京尾張

鈴の音とまがふ鳥声春の雨

木木草草自粛の友と花を待つ

石楠花や宝塔寂を深めつつ

徐徐に徐徐徐に牡丹の気品開き初む

聖書にも殺すなと憲法記念の日

疫病の収束願ひ粽解く

新聞の記事も自粛かこどもの日

母の日はカーカップ忌でありにけり

丈高く開く黄の薔薇時彦忌

あぢさゐの毬山空を恋ふいろに

ねぶた絵の吊目の団扇出番なり

葛餅をのせてくもれり漆皿

乾拭きの茶筒の艶や梅雨上る

黒い雨しみ入る大地原爆忌

鬼灯の丈に揃へり盆の花

夭逝の兄の命日送り盆

組鐘《カリヨン》のひびく末枯れ葡萄棚

秋の雨天の極《はたて》に十字架《クルス》立つ

京焼の碗物菊花餡仕立

一束の稲穂を添へて野菜売る

斑鳩《いかるが》の仏の微笑鵙日和

式部の実山を寺領に永観堂
阿弥陀仏見返るもみぢあかりかな

一つとて同じものなし柿落葉

はからからの誰彼遠し蕪汁

畝またぎ腰を落して大根引く

漱石忌則天去私の道遠く

Ⅻ　令和三年（二〇二一）

38句

本棚に翁座像や去年今年

年新た心に期する生の一句

竹二本地に立て博物館元旦

幣辛夷詩魂山霊凝るところ

人の世の疫《え》病《やみ》や四囲の木木芽吹く

立子忌は祖母の忌日でありにけり

切岸の赤土春の霜柱

木木芽吹くほがらほがらと朝の鳥

宣へり花は花にと和尚さま

花開くよき事のみを日日の糧

春宵一刻誰彼囲むマスク句座

春風や碑小さき虚子旧居

春寒し蓋の重たき星の井戸

白猿と大師たどりし草芳し

鶯の搏く草間墓所

記念館日射し豊かに春の芝

立子の書雄渾にしてあたたかき

漱石の宿やすみれの花淡し

御寄進の鐘の二文字冴え返る

大拙のブライスの墓木木芽吹き

清明や峰重ねあふ嵐山

草笛や年上がまづ吹いてみせ

落し文山の要に朗人句碑

地にしむる雨こそ宝苔に花

さみどりの光を交す若楓

竹落葉己が根元を臥所とす

蹲踞にたたふ寂光山清水

味生かす鯖のしめやう鮨の飯

時彦忌梅雨をもつとも厭はれし

そらまめのお多福顔と家籠り

がれ場より山稜へ振る夏帽子

つるあぢさゐ淵に山女の主潜め

朝顔の紺を垣根に卒壽かな

人は手を犬は尾を振る秋入日

七福の名を持つ坂や紅葉照る

翁の忌煮ふくめてゐる畑のもの

城山を大き弧の中時雨虹

時雨虹明日あることを疑はず

XIII　令和四年（二〇二二）

21句

年祝ふ九谷絵皿の持重み

結び柳祖の代を継ぐ床柱

寒晴れや松にふるまふ酒一合

事多き一日暮れけり葛湯とく

成田山御祈禱の豆福招く

新ユーラシア主義とは何ぞ梅咲けど

砲弾と軍靴とどろく麦青し

何故の戦ぞ武器ぞ春浅し

祈る他術なき両手春雪嶺

白梅や猫好き教授の忌を修す

餅菓子屋残る街道桃の花

聖段に復活祭の絵蠟燭

花開く人の心を育てつつ

馬術部の厩舎馬ゐぬ花吹雪

両の手に掬ひまた撒く花の塵
遊蝶花《パンジー》の笑顔雨の日風の日も

奉書紙の白さ空ゆく春の雲

貞享の楽所と伝ふ花の撓

草を掻く戦火に焼けし草掻器

庭牡丹災禍止まざる星に住み

恩縁八十八夜の新茶注ぎ

句集自然 畢

あとがき

本句集には平成二十二年（二〇一〇）から令和四年（二〇二二）までの三六五句を収めました。句集『稜線』『尾張圖會』『春の雲』『西も東も』『牡丹』『夏至冬至』『翁忌』『空と海』に次ぐ第九番目の一集です。

宮田正和様よりお話をいただき、始めは柘植で、その後、平成十七年（二〇〇五）第59回から平成二十九年（二〇一七）第71回まで、英語の献詠俳句選者として十三年間伊賀上野の芭蕉祭におせわになりました。その折にいつも拝して居りました「自然」の二文字を集名に使わせていただきました。お許し下さいました芭蕉翁顕彰会の方方に感謝申し上げて居ります。毎年十月十二日の芭蕉祭では、駅前の芭蕉像、市役所前に据えられた「自然」の碑へ献花・献菓と拝礼、愛染院での仏事・焼香、その後俳聖殿前での祭事に参加して居りました。本集にはその折の伊賀詠が収められて居ります。題字は、芭蕉記念館に掲げてあります軸物の絵葉書の文字を使わせていただきました。「自然」ありのままの三六五句に絞られました十三年間の自己の姿を見直す度に、昭和、平成、令和三代の時の流れ、波の激しさ、大きさ、そこで活動されていた多くの先生方、句友を今は眼前に出来ぬ寂しさと同時に己のおろかさをどうしようもありません。大きな俳恩をいただきました二月二十日の佐藤和夫忌、五月十日のJ・カーカップ忌、五月二十六日の草間時彦忌がめぐり来る度に様様な事柄が思い出されます。と同時に生きて居るという事は、明日を信じる事、俳句という詩形に生きる生命と祈りの気持をこめたい思いを強くして居ります。

　加齢と共にまた、疫病自粛のため行動範囲が狭まり近年は身近な世界での詠草となりました。

　句集出版に際しては、「耕の会」の藤島咲子様、平戸俊文様、角川文化振興財団「俳句」編集長の石川一郎様、川窪彩乃様にお力添えをいただきました。記して御礼申し上げます。

令和五年六月

加藤耕子

著者略歴

加藤耕子

かとう●こうこ

昭和 6 年　京都市生まれ

昭和55年　「帯」主宰「馬酔木」同人加藤春彦に師事。
　　　　　「鯱」「笹」「馬酔木」に学ぶ

昭和61年　俳句と文章誌「耕」英文誌「Kō」創刊主宰
　　　　　「雨滴会」草間時彦に師事

俳人協会顧問。国際俳句協会常務理事。俳文学会、日本ペンクラブ、文藝家協会、日本中国文化交流協会会員。文学博士

句集『空と海』他七冊、自註句集2冊、評釈『日』『欧州俳句紀行』、翻訳『A Hidden Pond』（David Burleigh共訳）（米国俳句協会翻訳賞）他2冊。英文句集（James Kirkup英訳）、漢訳句集（李芒訳）、『A Vast Sky』『The Earth Afloat』

文部大臣表彰、愛知県文化奨励賞、桜花学園功労賞。俳人協会創立六十周年表彰

句集　自然　じねん

初版発行　2023年10月25日

著　者　加藤耕子
発行者　石川一郎
発　行　公益財団法人 角川文化振興財団
〒359-0023　埼玉県所沢市東所沢和田3-31-3
ところざわサクラタウン 角川武蔵野ミュージアム
電話 050-1742-0634
https://www.kadokawa-zaidan.or.jp/
発　売　株式会社 KADOKAWA
〒102-8177　東京都千代田区富士見2-13-3
電話 0570-002-301（ナビダイヤル）
https://www.kadokawa.co.jp/
印刷製本　中央精版印刷株式会社

 ISBN978-4-04-884561-8　C0092

角川俳句叢書　日本の俳人100

青柳志解樹
朝妻　力
有馬朗人
安西　篤
伊丹三樹彦
伊藤敬子
伊東　肇
井上弘美
猪俣千代子
茨木和生
今井千鶴子
今瀬剛一
岩岡中正
尾池和夫
大石悦子
大串　章
大牧　広
大峯あきら
大山雅由
小笠原和男
小川晴子
荻原都美子
奥名春江
小倉英男
落合水尾
小原啄葉
恩田侑布子
甲斐遊糸
加古宗也
柏原眠雨
加藤憲曠
加藤耕子
金箱戈止夫
神尾久美子
九鬼あきゑ
小島　健
阪本謙二
佐藤麻績
塩野谷　仁
しなだしん
柴田佐知子
柴田多鶴子
小路紫峡
鈴木貞雄
鈴木しげを

千田　一路
高橋　将夫
田島　和生
辻　恵美子
坪内　稔典
出口　善子
寺井　谷子
名村早智子
鳴戸　奈菜
名和未知男
西村　和子
根岸　善雄
能村　研三
橋本　榮治
橋本美代子
藤木　倶子
藤本安騎生
藤本美和子
布施伊夜子
文挾夫佐恵
古田　紀一
星野　恒彦
星野麥丘人
松尾　隆信
松村　昌弘
黛　　執
岬　　雪夫
三村　純也
宮田　正和
武藤　紀子
村上喜代子
本宮　哲郎
森田純一郎
森田　　峠
山尾　玉藻
山崎　　聰
山崎ひさを
山田　貴世
山西　雅子
山本比呂也
山本　洋子
依田　明倫
若井　新一
渡辺　純枝
ほか

（五十音順・太字は既刊）